U0723102

【 名 家 诗 歌 典 藏 】

冰心诗精选

冰心 著

长江出版传媒 长江文艺出版社

图书在版编目（CIP）数据

冰心诗精选 / 冰心著. --武汉:长江文艺出版社,
2022.4
（名家诗歌典藏）
ISBN 978-7-5702-2452-4

Ⅰ．①冰… Ⅱ．①冰…Ⅲ．①诗集－中国－现代
Ⅳ．①I226

中国版本图书馆 CIP 数据核字(2021)第 224684 号

冰心诗精选
BINGXIN SHI JINGXUAN

责任编辑：黄海阔　　　　　　　　　责任校对：毛　娟
封面设计：颜森设计　　　　　　　　责任印制：邱　莉　　胡丽平

出版：长江出版传媒　长江文艺出版社
地址：武汉市雄楚大街 268 号　　　　邮编：430070
发行：长江文艺出版社
http://www.cjlap.com
印刷：中印南方印刷有限公司

开本：880 毫米×1230 毫米　　1/32　　　印张：6.5　　插页：8 页
版次：2022 年 4 月第 1 版　　　　2022 年 4 月第 1 次印刷
行数：4306 行

定价：36.00 元

| 目 录 |

繁星

一

繁星闪烁着——
　深蓝的太空，
　何曾听得见它们对语？
沉默中，
　微光里，
　　它们深深的互相颂赞了。

二

童年呵！
是梦中的真，
　是真中的梦，
　是回忆时含泪的微笑。

三

万顷的颤动——
　　深黑的岛边，
　　　　月儿上来了。
生之源，
　　死之所！

四

小弟弟呵！
我灵魂中三颗光明喜乐的星。
温柔的，
　　无可言说的，
　　　　灵魂深处的孩子呵！

五

黑暗，
　　怎样幽深的描画呢？
心灵的深深处，
　　宇宙的深深处，

灿烂光中的休息处。

六

镜子——
　　对面照着，
反而觉得不自然，
　　不如翻转过去好。

七

醒着的，
　　只有孤愤的人罢！
听声声算命的锣儿，
　　敲破世人的命运。

八

残花缀在繁枝上；
鸟儿飞去了，
　　撒得落红满地——
　　　生命也是这般的一瞥么？

九

梦儿是最瞒不过的呵，
清清楚楚的，
诚诚实实的，
　　告诉了
你自己灵魂里的密意和隐忧。

一〇

嫩绿的芽儿，
　　和青年说：
"发展你自己！"

淡白的花儿
　　和青年说：
"贡献你自己！"

深红的果儿，
　　和青年说：
"牺牲你自己！"

一一

无限的神秘。
　何处寻他？
微笑之后，
　言语之前，
　　便是无限的神秘了。

一二

人类呵！
相爱罢，
　我们都是长行的旅客，
　　向着同一的归宿。

一三

一角的城墙，
　蔚蓝的天，
　　极目的苍茫无际——
　　　即此便是天上一人间。

一四

我们都是自然的婴儿，
　　卧在宇宙的摇篮里。

一五

小孩子！
你可以进我的园，
　　你不要摘我的花——
看玫瑰的刺儿，
　　刺伤了你的手。

一六

青年人呵！
为着后来的回忆，
　　小心着意的描你现在的图画。

一七

我的朋友！

为什么说我"默默"呢？
世间原有些作为
　　超乎语言文字以外。

一八

文学家呵！
着意的撒下你的种子去，
　　随时随地要发现你的果实。

一九

我的心，
　　孤舟似的，
　　穿过了起伏不定的时间的海。

二〇

　　幸福的花枝，
　　　　在命运的神的手里，
　　　　　　寻觅着要付与完全的人。

二一

窗外的琴弦拨动了,
　　我的心呵!
怎只深深的绕在余音里?
是无限的树声,
　　是无限的月明。

二二

生离——
　　是朦胧的月日,
死别——
　　是憔悴的落花。

二三

心灵的灯,
　　在寂静中光明,
　　　在热闹中熄灭。

二四

向日葵对那些未见过白莲的人，
　　承认他们是最好的朋友。
白莲出水了，
　　向日葵低下头了：
她亭亭的傲骨，
　　分别了自己。

二五

死呵！
起来颂扬他；
是沉默的终归，
　　是永远的安息。

二六

高峻的山巅，
　　深阔的海上——
是冰冷的心，
　　是热烈的泪；

可怜微小的人呵!

二七

诗人,
　　是世界幻想上最大的快乐,
　　也是事实中最深的失望。

二八

故乡的海波呵!
你那飞溅的浪花,
从前怎样一滴一滴的敲我的盘石,
　　现在也怎样一滴一滴的敲我的心弦。

二九

我的朋友,
　　对不住你;
我所能付与的慰安,
　　只是严冷的微笑。

三〇

光阴难道就这般的过去么?
除却缥缈的思想之外,
　　一事无成!

三一

文学家是最不情的——
　　人们的泪珠,
　　　便是他的收成。

三二

玫瑰花的刺,
　　是攀摘的人的嗔恨,
　　是她自己的慰乐。

三三

母亲呵!
撇开你的忧愁,

容我沉醉在你的怀里，
　　只有你是我灵魂的安顿。

三四

创造新陆地的，
　　不是那滚滚的波浪，
　　却是它底下细小的泥沙。

三五

万千的天使，
　　要起来歌颂小孩子；
小孩子！
他细小的身躯里，
　　含着伟大的灵魂。

三六

阳光穿进石隙里，
　　和极小的刺里说：
"借我的力量伸出头来罢，
　　解放了你幽囚的自己！"

树干儿穿出来了，
　坚固的磐石，
　裂成两半了。

三七

艺术家呵！
你和世人，
　难道终久的隔着一重光明之雾？

三八

井栏上，
　听潺潺山下的河流——
　　料峭的天风，
　　　吹着头发；
天边——地上，
　一回头又添了几颗光明，
　　是星儿，
　　　还是灯儿？

三九

梦初醒处，
　　山下几叠的云衾里，
　　　　瞥见了光明的她。
朝阳呵！
临别的你，
　　已是堪怜，
　　　　怎似如今重见！

四〇

我的朋友！
我不要轻信我，
　　贻你以无限的烦恼，
　　　　我只是受思潮驱使的弱者啊！

四一

夜已深了，
　　我的心门要开着——
一个浮踪的旅客，

思想的神，

　　在不意中要临到了。

四二

云彩在天空中，

　　人在地面上；

思想被事实禁锢住，

　　便是一切苦痛的根源。

四三

真理，

　　在婴儿的沉默中，

　　不在聪明人的辩论里。

四四

自然呵！

请你容我只问一句话，

　　一句郑重的话：

我不曾错解了你么？

四五

言论的花儿
　　开得愈大，
行为的果子
　　结得愈小。

四六

松枝上的蜡烛，
　　依旧照着罢！
反复的调儿，
　　弹再一阕罢！
等候着，
　　远别的弟弟，
　　　从夜色里要到门前了。

四七

儿时的朋友：
海波呵，
　　山影呵，

灿烂的晚霞呵，
　　悲壮的喇叭呵；
我们如今是疏远了么？

四八

弱小的草呵！
骄傲些罢，
　　只有你普遍的装点了世界。

四九

零碎的诗句，
　　是学海中的一点浪花罢；
然而他们是光明闪烁的，
　　繁星般嵌在心灵的天空里。

五〇

不恒的情绪，
　　要迎接他么？
他能涌出意外的思潮，
　　要创造神奇的文字。

五一

常人的批评和断定，
　好像一群瞎子，
　　在云外推测着月明。

五二

轨道旁的花儿和石子！
只这一秒的时间里，
　我和你
　　是无限之生中的偶遇，
　　　也是无限之生中的永别；
再来时，
　万千同类中，
　　何处更寻你？

五三

我的心呵！
警醒着，
　不要卷在虚无的旋涡里！

五四

我的朋友！
起来罢，
　　晨光来了，
　　　　要洗你的隔夜的灵魂。

五五

成功的花，
　　人们只惊慕她现时的明艳！
　　　　然而当初她的芽儿，
　　　　　　浸透了奋斗的泪泉，
　　　　　　洒遍了牺牲的血雨。

五六

夜中的雨，
　　丝丝的织就了诗人的情绪。

五七

冷静的心，

　　在任何环境里，

　　都能建立了更深微的世界。

五八

不要羡慕小孩子，

　　他们的知识都在后头呢，

　　　烦闷也已经隐隐的来了。

五九

谁信一个小"心"的呜咽。

　　颤动了世界？

然而他是灵魂海中的一滴。

六〇

轻云淡月的影里，

　　风吹树梢——

你要在那时创造你的人格。

六一

风呵！
不要吹灭我手中的蜡烛，
　　我的家还在这黑暗长途的尽处。

六二

最沉默的一刹那顷，
　　是提笔之后，
　　　　下笔之前。

六三

指点我罢，
　　我的朋友！
我是横海的燕子，
　　要寻觅隔水的窝巢。

六四

聪明人！
要提防的是：
忧郁时的文字，
　愉快时的言语。

六五

造物者呵！
谁能追踪你的笔意呢？
百千万幅图画，
　每晚窗外的落日。

六六

深林里的黄昏，
　是第一次么？
又好似是几时经历过。

六七

渔娃!
可知道人羡慕你?
终身的生涯,
　　是在万顷柔波之上。

六八

诗人呵!
缄默罢;
写不出来的,
　　是绝对的美。

六九

春天的早晨,
　　怎样的可爱呢!
融洽的风,
　　飘扬的衣袖,
　　静悄的心情。

七〇

空中的鸟！
何必和笼里的同伴争噪呢？
你自有你的天地。

七一

这些事——
　　是永不漫灭的回忆；
月明的园中，
　　藤萝的叶下，
　　　　母亲的膝上。

七二

西山呵！
别了！
我不忍离开你，
　　但我苦忆我的母亲。

七三

无聊的文字，
　　抛在炉里，
也化作无聊的火光。

七四

婴儿，
　　是伟大的诗人，
　　　　在不完全的言语中，
　　　　吐出最完全的诗句。

七五

父亲呵！
出来坐在月明里，
　　我要听你说你的海。

七六

月明之夜的梦呵！

远呢？

近呢？

但我们只这般不言语，

听——听

这微击心弦的声！

眼前光雾万重，

　柔波如醉呵！

沉——沉。

七七

小磐石呵！

坚固些罢，

　准备着前后相催的波浪！

七八

真正的同情，

　在忧愁的时候，

　不在快乐的期间。

七九

早晨的波浪，

　　已经过去了；

晚来的潮水，

　　又是一般的声音。

八〇

母亲呵！

我的头发，

　　披在你的膝上，

　　　这就是你付与我的万缕柔丝。

八一

深夜！

请你容疲乏的我，

　　放下笔来，

　　　和你有少时寂静的接触。

八二

这问题很难回答呵，
　我的朋友！
什么可以点缀了你的生活？

八三

小弟弟！
你恼我么？
灯影下，
　我只管以无稽的故事，
　　来骗取你，
绯红的笑颊，
　凝注的双眸。

八四

寂寞呵！
多少心灵的舟，
　在你软光中浮泛。

八五

父亲呵！
我愿意我的心，
　　像你的佩刀，
　　　　这般的寒生秋水！

八六

月儿越近，
　　影儿越浓，
　　　　生命也是这般的真实么？

八七

知识的海中，
　　神秘的礁石上，
　　　　处处闪烁着怀疑的灯光呢，
感谢你指示我，
　　生命的舟难行的路！

八八

冠冕？
　　是暂时的光辉，
　　　　是永久的束缚。

八九

花儿低低的对看花的人说：
"少顾念我罢，
　　我的朋友！
让我自己安静着，
　　开放着，
　　　　你们的爱
是我的烦扰。"

九〇

坐久了，
　　推窗看海罢！
将无边感慨，
　　都付与天际微波。

九一

命运！
难道聪明也抵抗不了你？
生——死
  都挟带着你的权威。

九二

朝露还串珠般呢！
去也——
  风冷衣单
    何曾入到烦乱的心？
朦胧里数着晓星，
  怪驴儿太慢，
    山道太长——
梦儿欺枉了我，
  母亲何曾病了？
归来也——
  辔儿缓了，
    阳光正好，
      野花如笑；

看朦胧晓色，
　　隐着山门。

九三

我的心呵！
是你驱使我呢，
　　还是我驱使你？

九四

我知道了，
　　时间呵！
你正一分一分的，
　　消磨我青年的光阴！

九五

人从枝上折下花儿来，
　　供在瓶里——
　　　　到结果的时候，
　　　　却对着空枝叹息。

九六

影儿落在水里，
　句儿落在心里，
　　都一般无痕迹。

九七

是真的么？
人的心只是一个琴匣，
　不住的唱着反复的音调！

九八

青年人！
信你自己罢！
只有你自己是真实的，
　也只有你能创造你自己。

九九

我们是生在海舟上的婴儿，

不知道
先从何处来，
　　要向何处去。

一〇〇

夜半——
　　宇宙的睡梦正浓呢！
独醒的我，
　　可是梦中的人物？

一〇一

弟弟呵！
似乎我不应勉强着憨嬉的你，
　　来平分我孤寂的时间。

一〇二

小小的花，
　　也想抬起头来，
　　　　感谢春光的爱——
然而深厚的恩慈，

反使她终于沉默。
母亲呵！
你是那春光么？

一〇三

时间！
现在的我，
　太对不住你么？
然而我所抛撇的是暂时的；
　我所寻求的是永远的。

一〇四

窗外人说桂花开了，
　总引起清绝的回忆；
一年一度，
　中秋节的前三日。

一〇五

灯呵！
感谢你忽然灭了；

在不思索的挥写里，

　　替我匀出了思索的时间。

一〇六

老年人对小孩子说：

"流泪罢，

　　叹息罢，

　　　世界多么无味呵！"

小孩子笑着说：

"饶恕我，

　　先生！

我不会设想我所未经过的事。"

小孩子对老年人说：

"笑罢，

　　跳罢，

　　　世界多么有趣呵！"

老年人叹着说：

"原谅我，

　　孩子！

我不忍回忆我所已经过的事。"

一〇七

我的朋友！
珍重些罢，
　　不要把心灵中的珠儿，
　　　　抛在难起波澜的大海里。

一〇八

心是冷的；
　　泪是热的；
心——凝固了世界，
　　泪——温柔了世界。

一〇九

漫天的思想，
　　收合了来罢！
你的中心点，
　　你的结晶，
　　　　要作我的南针。

一一〇

青年人呵！
你要和老年人比起来，
就知道你的烦闷，
　　是温柔的。

一一一

太单调了么？
琴儿，
　　我原谅你！
你的弦，
　　本弹不出笛儿的声音。

一一二

古人呵！
你已经欺哄了我，
　　不要引导我再欺哄后人。

——三

父亲呵！
我怎样的爱你，
　　也怎样爱你的海。

——四

"家"是什么，
　　我不知道；
但烦闷——忧愁，
　　　都在此中融化消灭。

——五

笔在手里，
句在心里，
　　只是百无安顿处——
　　　远远地却引起钟声！

一一六

海波不住的问着岩石，
　　岩石永久沉默着不曾回答；
然而他这沉默，
　　已经过百千万回的思索。

一一七

小茅棚，
　　菊花的顶子——
　　　　在那里
　　　　要感出宇宙的独立！

一一八

故乡！
何堪遥望，
　　何时归去呢？
白发的祖父，
　　不在我们的园里了！

一一九

谢谢你,
　　我的琴儿!
月明人静中,
　　为我颂赞了自然。

一二〇

母亲呵!
这零碎的篇儿,
　　你能看一看么?
这些字,
　　在没有我以前,
　　　　已隐藏在你的心怀里。

一二一

露珠,
　　宁可在深夜中,
　　　　和寒花作伴——
　　却不容那灿烂的朝阳,

给她丝毫暖意。

一二二

我的朋友！
真理是什么，
　　感谢你指示我；
然而我的问题，
　　不容人来解答。

一二三

天上的玫瑰，
　　红到梦魂里；
天上的松枝，
　　青到梦魂里；
天上的文字，
　　却写不到梦魂里。

一二四

"缺憾"呵！
"完全"需要你。

在无数的你中，
　衬托出他来。

一二五

蜜蜂，
　是能溶化的作家；
从百花里吸出不同的香汁来？
　酿成他独创的甜蜜。

一二六

荡漾的，是小舟么？
青翠的，是岛山么？
蔚蓝的，是大海么？
我的朋友！
重来的我，
　何忍怀疑你，
　　只因我屡次受了梦儿的欺枉。

一二七

流星，

飞走天空，
　　可能有一秒时的凝望？
然而这一瞥的光明，
　　已长久遗留在人的心怀里。

一二八

澎湃的海涛，
　　沉黑的山影——
　　夜已深了，
　　　　不出去罢。
看呵！
一星灯火里，
　　军人的父亲，
　　　　独立在旗台上。

一二九

倘若世间没有风和雨，
　　这枝上繁花，
　　　　又归何处？
只惹得人心生烦厌。

一三〇

希望那无希望的事实，
　解答那难解答的问题，
　　便是青年的自杀！

一三一

大海呵！
　那一颗星没有光？
　那一朵花没有香？
　那一次我的思潮里
　　没有你波涛的清响？

一三二

我的心呵！
你昨天告诉我，
　世界是欢乐的，
今天又告诉我，
　世界是失望的，
明天的言语，

又是什么？

教我如何相信你！

一三三

我的朋友！

未免太忧愁了么？

"死"的泉水，

　　是笔尖下最后的一滴。

一三四

怎能忘却？

夏之夜，

　　明月下，

幽栏独倚。

粉红的莲花，

　　深绿的荷盖，

　　　缟白的衣裳！

一三五

我的朋友！

你曾登过高山么？

你曾临过大海么？

在那里，

　　是否只有寂寥，

　　只有"自然"无语？

你的心中

　　是欢愉还是凄楚？

一三六

风雨后——

　　花儿的芬芳过去了，

　　　花儿的颜色过去了，

果儿沉默的在枝上悬着。

花的价值，

　　要因着果儿而定了！

一三七

聪明人！

抛弃你手里幻想的花罢！

她只是虚无缥缈的，

　　反分却你眼底春光。

一三八

夏之夜，
　凉风起了！
　　襟上兰花气息，
　　绕到梦魂深处。

一三九

　虽然为着影儿相印：
我的朋友！
　你宁可对模糊的镜子，
　不要照澄澈的深潭，
　　她是属于自然的！

一四〇

小小的命运；
　每日的转移青年；
命运是觉得有趣了，
　然而青年多么可怜呵！

一四一

思想，
　　只容心中游漾。
刚拿起笔来，
　　神趣便飞去了。

一四二

一夜——
　　听窗外风声。
　　　　可知道寄身山巅？
烛影摇摇，
　　影儿怎的这般清冷？
似这般山河如墨，
　　只是无眠——

一四三

心潮向后涌着，
　　时间向前走着；
青年的烦闷，

便在这交流的旋涡里。

一四四

塔边，
　花底，
　　微风吹着发儿，
　　　是冷也何曾冷！
这古院——
　这黄昏——
　这丝丝诗意——
　　　绕住了斜阳和我。

一四五

心弦呵！
弹起来罢——
　让记忆的女神，
　　和着你调儿跳舞。

一四六

文字，

开了矫情的水闸；
听同情的泉水，
　　深深地交流。

一四七

将来，
　　明媚的湖光里，
　　　　可有个矗立的碑？
怎敢这般沉默着——想。

一四八

只这一枝笔儿；
拿得起，
　　放得下，
　　　　便是无限的自然！

一四九

无月的中秋夜，
　　是怎样的耐人寻味呢！
隔着层云，

隐着清光。

一五〇

独坐——
　　山下泾云起了。
　　　　更隔院断续的清磬。
这样黄昏，
　　这般微雨，
　　　　只做就些儿惆怅！

一五一

智慧的女儿！
　　向前迎住罢，
"烦闷"来了，
　　要败坏你永久的工程。

一五二

我的朋友！
不要任凭文字困苦你；
文字是人做的，

人不是文字做的！

一五三

是怜爱，
　　是温柔，
　　　　是忧愁——
这仰天的慈像，
　　融化了我冻结的心泉。

一五四

总怕听天外的翅声——
小小的鸟呵！
羽翼长成，
　　你要飞向何处？

一五五

白的花胜似绿的叶，
　　浓的酒不如淡的茶。

一五六

清晓的江头，
　　白雾濛濛；
是江南天气，
　　雨儿来了——
我只知道有蔚蓝的海，
却原来还有碧绿的江，
　　这是我父母之乡！

一五七

因着世人的临照
　　只可以拂拭镜上的尘埃，
　　　　却不能增加月儿的光亮。

一五八

我的朋友！
雪花飞了，
　　我要写你心里的诗。

一五九

母亲呵!
天上的风雨来了,
　鸟儿躲到它的巢里;
心中的风雨来了,
　我只躲到你的怀里。

一六〇

聪明人!
文字是空洞的,
　言语是虚伪的;
你要引导你的朋友,
　只在你
　　自然流露的行为上!

一六一

大海的水,
　是不能温热的;
孤傲的心,

是不能软化的。

一六二

青松枝，
　红灯彩，
　　和那柔曼的歌声——
小弟弟！
感谢你付与我，
　寂静里的光明。

一六三

片片的云影，
　也似零碎的思想么？
然而难将记忆的本儿，
　将他写起。

一六四

我的朋友！
别了，
　我把最后一页，
　　留与你们！

春水

一

春水！

  又是一年了，

  还这般的微微吹动。

可以再照一个影儿么？

春水温静地答谢我说：

"我的朋友！

    我从来未曾留下一个影子，

      不但对你是如此。"

二

四时缓缓的过去——

百花互相耳语说：

"我们都只是弱者！

甜香的梦
　　轮流着做罢，
憔悴的杯
　　也轮流着饮罢，
上帝原是这样安排的呵！"

三

青年人！
你不能像风般飞扬，
　　便应当像山般静止，
浮云似的
　　无力的生涯，
只做了诗人的资料呵！

四

芦荻，
　　只伴着这黄波浪么？
趁风儿吹到江南去罢！

你不要摘我的花——

看玫瑰的刺儿，

刺伤了你的手。

名家诗歌典藏

五

一道小河
　　平平荡荡的流将下去，
只经过平沙万里——
　　自由的，
　　　沉寂的，
他没有快乐的声音。

一道小河
　　曲曲折折的流将下去，
只经过高山深谷——
　　　险阻的，
　　　　挫折的，
他也没有快乐的声音。

我的朋友！
感谢你解答了
　　我久闷的问题，
平荡而曲折的水流里，
　　青年的快乐
　　　在其中荡漾着了！

六

诗人！
不要委屈了自然罢，
　"美"的图画，
　要淡淡的描呵！

七

一步一步的扶走——
　半隐的青紫的山峰
　怎的这般高远呢？

八

月呵！
　什么做成了你的尊严呢？
深远的天空里，
　只有你独往独来了。

九

倘若我能以达到，
　上帝呵！
何处是你心的尽头，
　可能容我知道？
远了！
　远了！
　我真是太微小了呵！

一〇

忽然了解是一夜的正中，
白日的心情呵！
　不要侵到这境界里来罢。

一一

南风吹了，
将春的微笑
　从水国里带来了！

一二

弦声近了，
　　瞽目者来了，
弦声远了，
　　无知的人的命运，
　　也跟了去么？

一三

白莲花！
　　清洁拘束了你了——
但也何妨让同在水里的红莲
　　来参礼呢？

一四

自然唤着说：
"将你的笔尖儿
　　浸在我的海里罢！
人类的心怀太枯燥了。"

一五

沉默里，
　充满了胜利者的凯歌！

一六

心呵！
　什么时候值得烦乱呢？
　　为着宇宙，
　　为着众生。

一七

红墙衰草上的夕阳呵！
快些落下去罢，
　你使许多的青年人颓老了！

一八

冰雪里的梅花呵！
　你占了春先了。

看遍地的小花
　　随着你零星开放。

一九

诗人！
　　笔下珍重罢！
众生的烦闷
　　要你来慰安呢。

二〇

山头独立，
　　宇宙只一人占有了么？

二一

只能提着壶儿
　　看她憔悴——
同情的水
　　从何灌溉呢？
　　她原是栏内的花呵！

二二

先驱者!
　　你要为众生开辟前途呵,
　　束紧了你的心带罢!

二三

平凡的池水——
　　临照了夕阳,
　　便成金海!

二四

小岛呵!
　　何处显出你的挺拔呢?
无数的山峰
　　沉沦在海底了。

二五

吹就雪花朵朵——

朔风也是温柔的呵！

二六

我只是一个弱者！
光明的十字架
　容我背上罢，
　我要抛弃了性天里
　暗淡的星辰！

二七

大风起了！
　秋虫的鸣声都息了！

二八

影儿欺哄了众生了
　天以外——
月儿何曾圆缺？

二九

一般的碧绿，
　　只多些温柔。
西湖呵，
　　你是海的小妹妹么？

三〇

天高了，
　　星辰落了。
　　晓风又与睡人为难了！

三一

诗人！
自然命令着你呢，
　　静下心潮
　　　　听他呼唤！

三二

渔舟归来了，
　　看江上点点的红灯呵！

三三

墙角的花！
你孤芳自赏时，
　　天地便小了。

三四

青年人！
　　从白茫茫的地上
　　找出同情来罢。

三五

嫩绿的叶儿
　　也似诗情么？
颜色一番一番的浓了。

三六

老年人的"过去"，
　青年人的"将来"，
在沉思里
　都是一样呵！

三七

太空！
揭开你的星网，
容我瞻仰你光明的脸罢。

三八

秋深了！
　树叶儿穿上红衣了！

三九

水向东流，
　月向西落——

诗人,

　你的心情

　　能将她们牵住了么?

四〇

黄昏——深夜

　槐花下的狂风,

　　藤萝上的密雨,

　可能容我暂止你?

病的弟弟

　刚刚睡浓了呵!

四一

小松树,

　容我伴你罢,

　山上白云深了!

四二

晚霞边的孤帆,

在不自觉里

完成了"自然"的图画。

四三

春何曾说话呢？
　　但她那伟大潜隐的力量，
　　　　　已这般的
　　温柔了世界了！

四四

旗儿举正了，
　　聪明的先驱者呵！

四五

山有时倾了，
　　海有时涌了，
　　　一个庸人的心志
　　　　却终古竖立！

四六

不解放的行为
　　造就了自由的思想!

四七

人在廊上，
　　书在膝上，
拂面的微风里
　　　知道春来了。

四八

萤儿自由的飞走了，
　　无力的残荷呵!

四九

自然的微笑里，
　　融化了
　　人类的怨嗔。

五〇

何用写呢？
　诗人自己
便是诗了！

五一

鸡声——
　鼓舞了别人了！
　它自己可曾得到慰安么？

五二

微倦的沉思里
　鸽儿的弦风
　将诗情吹破了！

五三

春从微绿的小草里
　和青年说：

"我的光照临着你了，
　　从枯冷的环境中
创造你有生命的人格罢！"

五四

白昼从那里长了呢？
　　远远墙边的树影
　　都困惫得不移动了。

五五

野地里的百合花，
　　只有自然
　　是你的朋友罢。

五六

狂风里——
　　远树都模糊了，
　　造物者涂抹了他黄昏的图画了。

五七

小蜘蛛！
　　停止你的工作罢，
　　只网住些儿尘土呵！

五八

冰似山般静寂，
　　山似水般流动，
诗人可以如此的支配他么？

五九

乘客呼唤着说：
"舵工！
　　小心雾里的暗礁罢。"

舵工宁静的微笑说：
"我知道那当行的水路，
　　这就够了！"

六〇

流星——
　　只在人类内天空里是光明的；
他从黑暗中飞来，
　　又向黑暗中飞去。
　　　生命也是这般的不分明么？

六一

弟弟！
　　且喜又相见了，
　　我回忆中的你，
　　那能像这般清晰？

六二

我要挽那"过去"的年光，
　　但时间的经纬里
　　已织上了"现在"的丝了！

六三

柳花飞时
　　燕子来了，
芦花飞时
　　燕子又去了，
但她们是一样的洁白呵！

六四

婴儿，
在他颤动的啼声中
　　有无限神秘的言语，
从最初的灵魂里带来
　　要告诉世界。

六五

只是一颗孤星罢了！
　　在无边的黑暗里
　　已写尽了宇宙的寂寞。

六六

清绝——
是静寂还是清明？
　　只有凝立的城墙。
　　　　被雪的杨柳。
　　冷又何妨？
白茫茫里走入画图中罢！

六七

信仰将青年人
　　扶上"服从"的高塔以后，
　　便把"思想"的梯儿撤去了。

六八

当我自己在黑暗幽远的道上
　　当心的慢慢走着，
　　我只倾听着自己的足音。

六九

沉寂的渊底，
  却照着
  永远红艳的春花。

七〇

玫瑰花的浓红
  在我眼前照耀，
伸手摘将下来，
  她却萎谢在我的襟上
我的心低低的安慰我说：
  "你隔绝了她和'自然'的连结，
  这浓红便归尘土；
青年人！
  留意你枯燥的灵魂。"

七一

当我浮云般
自来自去的时候，

真觉得宇宙太寂寞了!

七二

郁倦的春风
只送些"不宁"来了!
　　　城墙——
　　　微绿的杨柳——
　　　　　都隐没在飞扬的尘土里
　　这也是人生断片的烦闷呵!

七三

我的朋友!
　倘若春花自由的开放时,
　　无意中愁苦了你,
你当原谅他是受自然的指挥的。

七四

在模糊的世界中——
　我忘记了最初的一句话,
　也不知道最后的一句话。

七五

昨日游湖，
今夜听雨，
　　这两点已落到我心中的湖上
　　　滴出无数的叠纹了！

七六

寂寞增加郁闷，
　　忙碌铲除烦恼——
我的朋友！
　　快乐在不停的工作里！

七七

只坐在阶边说笑——
山上的楼台
　　斜阳照着，
何曾不想一登临呢？
　　清福不要一日享尽了呵！

七八

可曾有过？
　钓矶独坐——
满湖柔波
　看人春泛。

七九

我愿意在离开世界以前
　能低低告诉他说：
　　"世界呵，
　我彻底的了解你了！"

八〇

当我看见绿叶又来的时候
　我的心欣喜又感伤了，
勇敢的绿叶呵！
　记否去秋黯淡的离别呢？

八一

我独自
　　经过了青青的松柏，
　　　　上了层层的石阶，
祈年殿
　　庄严地在黄尘里，
　　我——
　　　　我只能深深的低首了！

八二

我的朋友
　　不要让春风欺哄了你。
　　花色原不如花香啊！

八三

微雨的山门下，
　　石阶湿着——
只有独立的我
　　和缕缕的游云，

这也是"同参密藏"么？

八四

灯下拔了剑儿出鞘，
　　细看——凝想
　　只有一腔豪气。
竟忘却
　　血珠鲜红
　　泪珠晶白。

八五

我的朋友。
倘若你忆起这一湖春水，
要记住
　　他原不是温柔，
　　只是这般冰冷。

八六

谈笑着走下层阶，
斜阳里——

偶然后头红墙

　　前瞻黄瓦，

霎时间我了解什么是"旧国"了

　　我的心灵从此凄动了！

八七

青年人！

　　只是回顾么？

　　这世界是不住的前进呵。

八八

春徘徊着来到

　　这庄严的坛上——

在无边的清冷里；

只能把一丝春意，

　　交付与阶隙里

　　　　微小的草儿了。

八九

桃花无主的开了，

小草无主的青了，
世人真痴呵！
　为何求自然的爱来慰安呢？

九〇

聪明人！
　在这漠漠的世界上，
只能提着"自信"的灯儿
　进行在黑暗里。

九一

对着幽艳的花儿凝望，
　为着将来的果子
　只得留他开在枝头了！

九二

星儿！
　世人凝注着你了，
导引他们的眼光
　超出太空以外罢！

九三

一阵风来——
　湖水向后流了
　　石矶向前走了
迷惘里……
　我——我脑中的海岳呵!

九四

什么是播种者的喜悦呢!
　倚锄望——
　　到处有青青之痕了!

九五

月儿
在天下的水镜里,
　这边光明,
　　那边黯淡。
但在天上却只有一个。

九六

"什么时候来赏雪呢?"
　"来日罢,"
　"来日"过去了。

"什么时候来游湖呢?"
　"来年罢,"
　"来年"过去了。
"什么时候来工作呢!
　来生么?"
我微笑而又惊悚了!

九七

寥廓的黄昏,
　何处着一个彷徨的我?
母亲呵
我只要归依你,
心外的湖山
　容我抛弃罢!

九八

我不会弹琴，
　　我只静默的听着；
我不会绘画，
　　我只沉寂的看着；
我不会表现万全的爱，
我只虔诚的祷告着。

九九

"幽兰！
　　未免太寂寞了，
　　不愿意要友伴么?"
"我正寻求着呢?
　　但没有别的花儿
　　肯开在空谷里。"

一〇〇

当青年人肩上的重担
　　忽然卸去时，

他勇敢的心

　　便要因着寂寞而悲哀了！

　　一〇一

我的朋友！

　　最后的悲哀

　　　还须禁受，

在地球粉碎的那一日，

　　幸福的女神，

　　　要对绝望众生

作末一次凄感的微笑。

　　一〇二

我的问题——

　　我的心

　　　在光明中沉默不答。

我的梦

　　却在黑暗里替我解明了！

一〇三

智慧的女儿！
在不住的抵抗里，
你永远不能了解
　　什么是人类同情。

一〇四

鱼儿上来了，
水面上一个小虫儿漂浮着——
在这小小的生死关头。
我微弱的心
　　忽然颤动了！

一〇五

造物者——
　　倘若在永久的生命中
　　　　只容有一次极乐的应许。
　　我要至诚地求着：
　　　"我在母亲的怀里，

母亲在小舟里，

小舟在月明的大海里。"

一〇六

诗人从他的心中

滴出快乐和忧愁的血。

在不知不觉里

已成了世界上同情的花。

一〇七

只是纸上纵横的字——

纵横的字，

那有词句呢？

只重叠的墨迹里

已留下当初凝想之痕了！

一〇八

母亲呵！

乳娘不应诓弄脆弱的我，

谁最初的开了，

我心宫里悲哀之门呢?

——你拭干我现在的
　　微笑中的泪珠罢——

楼外丐妇求乞的悲声
　　将我的心从睡梦中
　　　重重的敲碎了!
她将我的母亲带去了,
　　母亲不在摇篮边了。
这是我第一次感出
　　世界的虚空呵!

一〇九

夜正长呢!
　　能下些雨儿也好。
窗外果然滴沥了——
　　数着雨声罢!
　　只依旧是烦郁么?

一一〇

聪明人，
　纤纤的月，
　　完满在后头呢！
　姑且容淡淡的云影
　遮蔽着她罢。

一一一

小麻雀！
　休飞进田垄里。
田垄里，
　遍地弹机
　正静静的等着你。

一一二

浪花愈大，
　凝立的磐石
　在沉默的持守里，
　　快乐也愈大了。

一一三

星星——
　　只能白了青年人的发，
　　不能灰了青年人的心。

一一四

我的朋友！
　　不要随从我，
我的心灵之灯
　　只照自己的前途呵！

一一五

两行的红烛燃起了——
堂下花阴里，
　　隐着浅红的袷衣
鬌年的欢乐
　　容她回忆罢！

一一六

山上的楼窗不见了，
　灯花烬也！
天风里
　危岩独倚，
　　便小草也是伴侣了！

一一七

梦未终——
　窗外日迟迟，
　　堂前又遇见伊！
牵牛花！
　昨夜灵魂里攀摘的悲哀
　可曾身受么？

一一八

紫藤萝落在池上了。
花架下
　长昼无人，

只有微风吹着叶儿响。

一一九

诗人的心灵？
　　只合颤动么？
平凡的急管繁弦，
　　已催他低首了！

一二〇

"祖父千秋，
　　同祝一杯酒！"
明灯下，
　　笑声里，
　　面颊都晕红了！

妹姊们，
　　何必当初？
　　　到如今酒阑人散——
　　苦雨孤灯的晚上，
　　　只添我些凄清的回忆呵！

一二一

世人呵！
　　暂时的花儿
　　原不配供在永久的瓶里，
这稚弱的生机，
　　请你怜悯罢！

一二二

自然的话语
　　太深微了，
聪明人的心
　　却是如何的简单呵！

一二三

几天的微雨，
　　将春的消息隔绝了，
无聊里——
　　几朵枯花，
　　　　只拈来凝想，

原是去年的言语呵，
　　也可作今日的慰安么！

一二四

黄昏了——
　　湖波欲睡了——
走不尽的长廊呵！

一二五

修养的花儿
　　在寂静中开过去了，
成功的果子
　　便要在光明里结实。

一二六

虹儿！
你后悔么？
　　雨后的天空
　　　　偶然出现，
　　世间儿女

已画你的影儿在罗带上了。

一二七

清晓——
　　静悄悄地走入园里，
万有都在睡梦中呵！
　　除却零零的露珠
　　　　谁是伴侣呢？

一二八

海洋将心情深深的分断了——
　　十字架下的婴儿呵！
隔着清波
　　只能有泛泛的微笑么？

一二九

朝阳下的鸟声清啭着，
　　窗帘吹卷了，
　　又听得叶儿细响——
无奈诗人的心灵呵！

不许他拿起笔儿
　　却依旧这般凝想。

一三〇

这时又是谁在海舟上呢?
　　水面黄昏
　　　凭栏的凝眺,
　　山中的我,
　　　只合空想了。

一三一

青年人!
　　觉悟后的悲哀
　　　只深深的将自己葬了。
　　原也是微小的人类呵!

一三二

花又在瓶里了,
　　书又在手里了,
但——

是今年的秋雨之夜！

一三三

只两朵昨夜襟上的玉兰，
　便将晓风和朝阳
　都深深地记在心里了。

一三四

命运如同海风——
吹着青春的舟
　飘摇的，
　　曲折的，
　渡过了时光的海。

一三五

梦里采撷的天花，
　醒来不见了——
我的朋友！
人生原有些愿望！
只能永久的寄在幻想里！

一三六

洞谷里的小花
　　无力的开了，
　　　　又无力的谢了。
便是未曾领略过春光呵，
　　却也应晓得！

一三七

沉默着罢！
　　在这无穷的世界上，
弱小的我
　　原只当微笑
　　　　不应放言。

一三八

幢幢的人影，
　　沉沉的烛光——
都将永别的悲哀，
　　和人生之谜语，

刻在我最初的回忆里了。

一三九

这奔涌的心潮
　只索倩《楞严》来壅塞了。
无力的人呵！
　究竟会悟到"空不空"么？

一四〇

遨游于梦中罢
在那里
　只有自由的言笑，
　　率真的心情。

一四一

雨后——
　随着蛙声，
荷盘上的水珠，
　将衣裳溅湿了。

一四二

玫瑰花开了，
为着无聊的风，
　小小的水边
　　竟不想再去了。
诗人的生涯
　只终于寂寞么？

一四三

揭开自然的帘儿罢！
　艺术的婴儿，
　　正卧在真理的娘怀里。

一四四

诗人也只是空写罢了！
　一点心灵——
何曾安慰到
　雨声里痛苦的征人？

一四五

我的心开始颤动了——
　　当我默默的
　　　敞着楼窗，
　　　对着大海，
自然无声的对我说：
　　"我承认我们是被爱的了。"

一四六

经验的花
　　结了智慧的果，
智慧的果
　　却包着烦恼的核！

一四七

绿阴下
　　沉思的坐着——
游丝般的诗情呵！
迷濛的春光

倘若世间没有风和雨，

这枝上繁花，

又归何处？

名 家 诗 歌 典 藏

刚将你抽出来，
　叶底园丁的剪刀声
　　又将你剪断了。

一四八

谢谢你！
　我的朋友！
这朵素心兰
　请你自己戴着罢。
我又何忍辞谢她？
但无论是玫瑰
　　是香兰，
我都未曾放在发儿上。

一四九

上帝呵！
　即或是天阴阴地，
　　　人寂寂地，
　只要有一个灵魂
　守着你严静的清夜，
寂寞的悲哀，

便从宇宙中消灭了。

一五○

岩下
　　缓缓的河流，
　　　深深的树影——
指点着
　　细语着，
许多诗意
　　笼盖在月明中。

一五一

浪花后
　　是谁荡桨？
这桨声
　　侵入我深思的圈儿里了！

一五二

先驱者！
　　绝顶的危峰上

可曾放眼？
　便是此身解脱，
　　也应念着山下
　　劳苦的众生！

一五三

笠儿戴着，
　牛儿骑着，
　　　眉宇里深思着——
小牧童！
一般的沐着大地上的春光呵，
　完满的无声的赞扬，
诗人如何比得你？

一五四

柳条儿削成小桨，
　莲瓣儿做了扁舟——
容宇宙中小小的灵魂，
　轻柔地泛在春海里。

一五五

病后的树阴
　也比从前浓郁了，
开花的枝头
　却有小小的果儿结着。
　我们只是改个庞儿相见呵！

一五六

睡起——
　廊上黄昏，
　　薄袖临风；
　庭院水般清，
　　心地镜般明；
　是画意还是诗情？

一五七

姊姊！
　清福便独享了罢，
　何须寄我些春泛的新诗？

心灵里已是烦忙
　　又添了未曾相识的湖山，
　　　频来入梦。

一五八

先驱者！
　　前途认定了
　　切莫回头！
一回头——
　　灵魂里潜藏的怯弱，
　　要你停留。

一五九

凭栏久
　　凉风渐生，
何处是天家？
　　真要乘风归去！
看——
　　清冷的月
　　已化作一片光云
轻轻地飞在海涛上。

一六〇

自然无声的
　看着劳苦的诗人微笑？
　　"想着罢!
　　写着罢!
　　无限的庄严,
　　　你可曾约略知道?"

诗人投笔了!
　微小的悲哀
永久遗留在心坎里了!

一六一

隔窗举起杯儿来——
落花!
　和你作别了!
　　原是清凉的水呵,
　只当是甜香的酒罢。

一六二

崖壁阴阴处，

　　海波深深处，

　　　　垂着丝儿独钓。

鱼儿！

　　不来也好，

我已从蔚蓝的水中

　　钓着诗趣了。

一六三

暮色苍苍——

　　远村在前，

　　山门在后，

黄土的小道曲折着，

　　踽踽的我无心的走着。

宇宙昏昏——

　　表现在前，

　　消灭在后，

生命的小道曲折着，

踽踽的我不自主的走着。

一般的遥远的前途呵！
　　抬头见新月，
　　深深地起了
　　　　不可言说的感触！

一六四

将离别——
　　舟影太分明。
　　四望江山青；
微微的云呵！
　　怎只压着黯黯的情绪，
　　　　不笼住如梦的歌声？

一六五

我的朋友
　　坐下莫徘徊，
照影到水中，
　　累他游鱼惊起。

一六六

遥指峰尖上，
　孤松峙立，
　怎得倚着树根看落日？

已近黄昏，
　算着路途罢！
衣薄风寒，
　不如休去。

一六七

绿水边
　几双游鸭
　几个浣衣的女儿，
在诗人驴前
　展开了一幅自然的图画。

一六八

朦胧的月下——

长廊静院里，
不是清磬破了岑寂，
便落花的声音，
也听得见了。

一六九

未生的婴儿，
从生命的球外
攀着"生"的窗户看时，
已隐隐地望见了
对面"死"的洞穴。

一七〇

为着断送百万生灵
不绝的炮声，
严静的夜里，
凄然的将捉在手里的灯蛾
放到窗外去了。

一七一

马蹄过处，

　　蹴起如云的尘土；

据鞍顾盼，

　　平野青青——

只留下无穷的怅惘罢了，

　　英雄梦那许诗人做？

一七二

开函时——

　　正席地坐在花下，

一阵凉风

　　将看完的几张吹走了。

我只默默的望着，

　　听他吹到墙隅，

慰悦的心情

　　也和这纸儿一样的飞扬了！

一七三

明月下
　　绿叶如云，
　　白衣如雪——
怎样的感人呵！
　　又况是别离之夜？

一七四

青年人，
　　珍重的描写罢，
时间正翻着书页，
　　请你着笔！

一七五

我怀疑的撒下种子去
　　便闭了窗户默想着
我又怀疑的开了窗，
　　岂止萌芽？
　　这青青之痕

还滋蔓到他人的园地里。

上帝呵！
　感谢你"自然"的风雨！

一七六

战场上的小花呵！
　赞美你最深的爱！
冒险的开在枪林弹雨中，
　慰藉了新骨。

一七七

我的心忽然悲哀了！
　昨夜梦见
　　独自穿着冰绡之衣，
　从汹涌的波涛中
　　渡过黑海。

一七八

微阴的阶上，

只坐着自己——
绿叶呵！
　玫瑰落尽，
诗人和你
　一同感出寂寥了。

一七九

明月！
　完成了你的凄清了！
银光的田野里，
　是谁隔着小溪
　吹起悠扬之笛？

一八〇

婴儿！
谁像他天真的颂赞？
　当他呢喃的
　　对着天末的晚霞，
　无力的笔儿，
　真当抛弃了。

一八一

襟上摘下花儿来，
　　匆匆里
　　就算是别离的赠品罢！

马已到门前了，
　　要不是窗内听得她笑言，
　　　错过也
　　又几时重见？

一八二

别了！
　　春水，
感谢你一春潺潺的细流，
　　带去我许多意绪。

向你挥手了，
　　缓缓地流到人间去罢。
　　我要坐在泉源边
　　静听回响。

秋

阴沉沉的树阴，
一角的天；
红的是玫瑰，
绿的是芭蕉。
卷起帘来，
总是这一幅图画，
好虽好，
未免也有些儿烦腻了。
一夜秋风吹透了——
卷起帘来，
却已经又换了一幅，
菊花开着天也高了，
庭院也开朗了。

呀！
看他大刀阔斧，
造出了海阔天空的世界，
是何等的建设

何等的破坏。

青年呵!

我们也有这样刚强的手腕么

有他这样朗洁的心胸么?

青年呵!

一齐打起精神来,

跟着他走!

不要只……

天籁

抱着琴儿，
弹一曲"秋风起"。
苦心孤诣，
�铮了半夜，
呀！温温的月儿，
薰薰的风儿，
哪里有一毫秋意！

还是住了琴儿罢——
凉云堆积了，
月儿没了，
风儿起了，
雨儿来了，
树叶儿簌簌响了，
秋意填满了宇宙——
还是住了琴儿罢……

自然呵！

你们繁枝密叶为琴弦，
雨丝风片为勾拨，
量够这小小琴儿，
如何比得你！

影响

一个人的思想，
发表了出去；
不论他是得赞扬是受攻击，
至少使他与别人有些影响。

好似一颗小石头抛在水里，
一声清响跳起水珠来；
接着漾出无数重重叠叠的圈儿，
越远越大直到水的边际——
不要做随风飘荡的羽毛！
吹落在水面上，
漾不出圈儿，
反被水沾住了。

可爱的

除了宇宙，
最可爱的只有孩子。
和他说话不必思索，
态度不必矜持。
抬起头来说笑，
低下头去弄水。
任你深思也好，
微讴也好；
驴背上，
山门下，
偶一回头望时，
总是活泼泼地，
笑嘻嘻地。

迎神曲

灵台上——
燃起星星微火，
黯黯地低头膜拜。

问："来从何处来？
去向何方去？
这无收束的尘寰，
可有众生归路？"

空华影落，
万籁无声，
隐隐地涌现了：
是宝盖珠幢，
是金身法相。

"只为问'来从何处来？
去向何方去？'
这轮转的尘寰，

便没了众生归路!"

"世界上,
来路便是归途,
　归途也成来路。"

病的诗人 (一)

诗人病了——
诗人的情绪
更适合于诗了，
然而诗人写不出。

菊花的影儿在地，
藤椅儿背着阳光。
书落在地上了，
不想拾起来，
只任它微风吹卷。

窗儿开着，
帘儿飐着，
人儿无聊，
只有：
　书是旧的，
　花是新的。

镜里照着的，
是消瘦的庞儿；
手里拿着的，
是沉重的笔儿。

凝涩的诗意，
却含着清新；
憔悴的诗人，
却感着愉快。

诗人病了——
诗人的情绪
更适合于诗了，
然而诗人写不出！

病的诗人（二）

诗人病了——
却怪窗外天色，
怎的这般阴沉！

天也似诗人，
只这样黯寂消沉。
一般的：
　酿诗未成，
　酿雪未成。

墙外的枯枝，
屋上的炉烟，
和着隐隐的市声，
悠悠的送去了几许光阴？

诗人病了——
却怪他窗外天色
怎的这般阴沉！

诗的女神

她在窗外悄悄的立着呢！
帘儿吹动了——
窗内，
窗外，
在这一刹那顷，
忽地都成了无边的静寂。

看呵，
是这般的：
　满蕴着温柔，
　微带着忧愁，
欲语又停留。

夜已深了，
人已静了，
屋里只有花和我，
请进来罢！

只这般的凝立着么？
量我怎配迎接你？
诗的女神呵！
还求你只这般的，
经过无数深思的人的窗外。

假如我是个作家

假如我是个作家，

我只愿我的作品

入到他人脑中的时候，

平常的，不在意的，没有一句话说；

流水般过去了，

不值得赞扬，

更不屑得评驳；

然而在他的生活中

痛苦，或快乐临到时，

他便模糊的想起

好像这光景曾在谁的文字里描写过；

这时我便要流下快乐之泪了！

假如我是个作家，

我只愿我的作品

被一切友伴和同时有学问的人

　　　轻藐——讥笑；

然而在孩子，农夫，和愚拙的妇人，

他们听过之后，

　　慢慢的低头

　　深深的思索，

我听得见"同情"在他们心中鼓荡；

这时我便要流下快乐之泪了！

假如我是个作家，

我只愿我的作品

在世界中无有声息，

没有人批评，

　　更没有人注意；

只有我自己在寂寥的白日，或深夜，

对着明明的月

　　　　丝丝的雨

　　　　飒飒的风，

低声念诵时，

能以再现几幅不模糊的图画；

这时我便要流下快乐之泪了！

假如我是个作家，

我只愿我的作品

在人间不露光芒，

　　　没个人听闻，

没个人念诵，
只我自己忧愁，快乐，
或是独对无限的自然，
　　能以自由抒写，
当我积压的思想发落到纸上，
这时我便更流下快乐之泪了！

"将来"的女神

我抬头已瞥见了——
　　你桂花的冠子，
　　　雪白的羽衣。
　　你胸前的璎珞，
　　是心血般鲜红，
　　　泪珠般洁白。
　　你翅儿只管翱翔，
　　　琴儿只管弹奏。
你怎的只是向前飞，
　　不肯一回顾？

你的光明的脸：
　　也许是欢乐，
　　　也许是黯淡；
　　也许是微笑，
　　　也许是含愁；
只令我迷糊恍惚——
你怎的只是向前飞，

明年春日我又回来，

到我生命的根源

参天凌云的你时，

你还认得这一阵微微的芬芳么？

名家诗歌典藏

不肯一回顾？

将来——
　　是海角，
　　是天涯，
天上——人间，
都是你遥遥导引——
你怎的只管向前飞，
　　不肯一回顾？

看——
只有飘飘云发，
　　　琤琤琴韵，
　　　飒飒天风；
如何——如何？
你怎的只管向前飞，
　　不肯一回顾？

迎 "春"

"春来了，
从哪里迎接她呢？
可能听她微步的足音，
看她美艳的衣裳，
接她轻倩的笑语？"

她从青青的草色中来了，
从潺潺的水声中来了，
从拂拂的微风中来了，
从世人欣悦的微笑中来了。
我的朋友，
这不是"春"么？

她推着浓妆的世界，
转到你面前，
慰藉你，
鼓舞你，
更深深的命令你。

看这美满完全的表现呵！

我的朋友！
你一定要寻见"春"么？
"春"何曾是人间的呢？
看她创造的生命罢！
新绿的草色中，
新涨的潮声里，
"春"在里边蕴藏着了！

回顾

三个很小的孩子，

一排儿坐在树边的沟沿上，

彼此含笑的看着——等着。

一个拍着手唱起来，

那两个也连忙拍手唱了；

又停止了——

依旧彼此含笑地看着——等着。

在满街尘土

行人如织里，

他们已创造了自己的天真的世界！

只是三个平凡的孩子罢了，

却赢得我三番回顾。

不忘

撕下日历来，
今日何日？
一阵乌黑的云彩，
扑到我眼前来了。

"和平者！
哲学家！"
我禁止自己不想他，
但我只是想着他。

我只是这般情性！
我不能装作和平者，
我也不配作哲学家；
我只晓得
人爱我——我也爱他，
人恨我——我也……

树叶儿般的一块地，

是我的家，

　　我永远也不忘了他！

晚祷（一）

浓浓的树影
　　做成帐幕，
绒绒的草坡
　　便是祭坛——
慈怜的月
穿过密叶，
照见了虔诚静寂的面庞。
四无人声，
严静的天空下，
我深深叩拜——
万能的上帝！
求你丝丝的织了明月的光辉，
作我智慧的衣裳，
　　庄严的冠冕，
我要穿着它，
温柔地沉静地酬应众生。

烦恼和困难，

在你的恩光中，
　一齐抛弃；
只刚强自己
　保守自己，
永远在你座前
作圣洁的女儿，
　光明的使者，
　　　赞美大灵！

四无人声，
严静的天空下，
只慈怜的月
照着虔诚静寂的面庞。

玫瑰的荫下

衣裳上，
书页上，
都闪烁着
　叶底细碎的朝阳。

我折下一朵来，
等着——等着，
浓红的花瓣，
正好衬她雪白的衣裳。

冰凉的石阶上，
坐着——坐着，
等她不来，
只闻见手里
　玫瑰的幽香！

不忍

我用小杖
　　将网儿挑破了，
辛苦的工程
　　一霎时便拆毁了。

我用重帘
　　将灯儿遮蔽了，
窗外的光明
　　一霎时便隐没了。

我用微火
　　将新写的字儿烧毁了，
幽深的诗情
　　一霎时便消灭了。

我用冰冷的水儿
　　将花上的落叶冲走了。
无聊的慰安

一霎时便洗荡了。

我用矫决的词儿
　　将月下的印象掩没了，
自然的牵萦
　　一霎时便斩绝了。

这些都是"不忍"呵——
上帝！
　　在渺茫的生命道上，
　　除了"不忍"，
　　我对众生
更不能有别的慰藉了。

十年

她寄我一封信，
　提到了江南晚风天，
她说"只是佳景，
　　　没有良朋！"

八个字中，
我想着江波，
　想着晚霞，
　想着独立的人影。

这里是
　只有闷雨，
　只有黄尘，
　只有窗外静沉沉的天。

我的朋友！
　谁说人生似浮萍？
暂住……
　一暂住又已是十年！

使命

一个春日的早晨——
　　流水般的车上：
　　细雨洒着古墙，
　　　　洒着杨柳，
我微微的觉悟了我携带的使命。

一个夏日的黄昏——
　　止水般的院里：
　　晚霞照着竹篷，
　　　　照着槐树，
我深深的承认了我携带的使命。

觉悟——承认，
试回首！
　　是欢喜还是惆怅？
已是两年以后了！

中秋前三日

浸人的寒光，
　　扑人的清香——
照见我们绒样的衣裳，
　　微微地引起了
　　　　绒样的悲伤。

我的朋友，
　　正是"花好，月圆，人寿，"
　　何来惆怅？
便是将来离别，
　　今夕何夕，
　　　　也须暂忘！

安慰（一）

我曾梦见自己是一个畸零人，
　　醒时犹自呜咽。
因着遗留的深重的悲哀，
　　这一天中
　　我怜恤遍了人间的孤独者。

我曾梦见自己是一个畸零人，
　　醒时犹自呜咽。
因着相形的浓厚的快乐，
　　这一天中
　　我更觉出了四围的亲爱。

母亲！
当我坐在你的枕边
　　和你说着这些时，
虽然是你的眼里满了泪，
　　　　我的眼里满了泪呵——
我们却都感谢了
　　造物者无穷的安慰！

安慰（二）

"二十年的海上，
　我呼吸着海风——
我的女儿！
　你文字中
　怎能不带些海的气息！"

单调的忧惭，
都欢喜的消融在
　这一句话里了！

晚祷（二）

我抬头看见繁星闪烁着——
秋风冷冷的和我说，
　　"这是造物者点点光明的眼泪，
　　　　为着宇宙的晦冥！"

我抬头看见繁星闪烁着——
枯叶戚戚的和我说：
　　"这是造物者点点光明的眼泪，
　　　　为着人物的销沉！"

造物者！
　　我不听秋风，
　　　不睬枯叶
这一星星——点在太空，
　　指示了你威权的边际，
　　表现了你慈爱的涯涘。
人物——宇宙，
　　销沉也罢，

晦冥也罢，

　我只仰望着这点点的光明！

十一月十一夜

严静的夜里——
　　猛听得远处
　　隆——隆，
是那里筑墙呢！

呀——是十一月十一夜……
想着炮声中
　　灯彩下的狂舞酣歌，
我的心渐渐的
　　沉——沉。

上帝，怜悯罢！
　　他们正筑墙呢！
这一声声中
　　墙基坚固了。
一块一块纪念的砖儿
　　向上垒积了，
和爱的世界区分了！

上帝，怜悯罢！

他们正筑墙呢！

致词

假如我走了，
　彗星般的走了——
母亲！
　我的太阳！
七十年后我再回来，
　到我轨道的中心
　　五色重轮的你时，
你还认得这一点小小的光明么？

假如我去了，
　落花般的去了——
母亲！
　我的故枝！
明年春日我又回来，
　到我生命的根源
　　参天凌云的你时，
你还认得这一阵微微的芬芳么？

她凝然……含泪的望着我，

  无语——无语。

母亲！

  致词如此，

  累你凄楚——

万全之爱无别离，

万全之爱无生死！

解脱

月明如水，
树下徘徊——
　　沉思——沉思。
沉思里拾起枯枝，
　　慨然的鞭自己
　　　　地上月中的影子。

"人生"——
世人都当它是一个梦，
　　且是一个不分明的梦。
不分明里要它太分明，
我的朋友，
　　一生的忧患
　　　　从今起了！

珍惜她如雪的白衣，
　　却仍须渡过
　　　　这无边的黑海。

我的朋友！

　世界既不舍弃你，

　　何如你舍弃了世界？

让她鹤一般的独立，

　云一般的自由，

　　水一般的清静。

人生纵是一个梦呵，

　也做了一个分明的梦。

沉思——沉思，

　沉思里抛了枯枝，

悠然的看自己

　　地上月中的影子。

信誓

文艺好像射猎的女神，
　　我是勇猛的狮子。
在我逾山越岭，
　　寻觅前途的时候，
她——当胸一箭！
在她踌躇满志的笑声里，
我从万丈的悬崖上
　　倏然奔坠于
　　　她的光华轻软的罗网之中。

文艺好像游牧的仙子，
　　我是温善的羔羊。
甘泉潺潺的流着，
　　青草遍地的长着；
她慈怜的眼光俯视着，
　　我恬静无声地
　　　俯伏在她杖竿之下。

文艺好像海的女神，

　　我是忠诚的舟子，

寄一叶的生涯于

　　她起伏不定的波涛之上。

她的笑靥

　　引导了我的前途，

她的怒鞏

指示了我的归路。

文艺好像花的仙子，

　　我是勤慎的园丁。

她的精神由我护持，

　　她的心言我须听取；

深夜——清晨，

　　为她关心着

　　　　无情的风雨。

彷徨里——

　　前无古人，

　　后无来者；

所言止此：

"为主为奴相终始！"

惆怅

当岸上灯光，
　　水上星光，
无声地遥遥相照。
苍茫里，
　　倚着高栏，
只听见微击船舷的波浪。
我的心
　　是如何的惆怅——无着！

梦里的母亲
　　来安慰病中的我，
絮絮地温人的爱语——
几次醒来，
　　药杯儿自不在手里。
海风压衾，
　　明灯依然，
我的心
　　是如何的惆怅——无着！

循着栏杆来去，——
群中的欢笑，
　掩不过静里的悲哀！
"我在海的怀抱中了，
　母亲何处？"
天高极，
　海深极，
月清极，
　人静极，
空泛的宇宙里，
我的心
　是如何的惆怅——无着！

纸船

—— 寄母亲

我从不肯妄弃了一张纸，
　　总是留着——留着，
叠成一只一只很小的船儿，
　　从舟上抛下在海里。

有的被天风吹卷到舟中的窗里，
　　有的被海浪打湿，沾在船头上。
我仍是不灰心的每天的叠着，
　　总希望有一只能流到我要它到的地方去。

母亲，倘若你梦中看见一只很小的白船儿，
　　不要惊讶它无端入梦。
这是你至爱的女儿含着泪叠的，
　　万水千山，求它载着她的爱和悲哀归去。

乡愁

我们都是小孩子，
　偶然在海舟上遇见了。
谈笑的资料穷了之后，
　索然的对坐，
　无言的各起了乡愁。

记否十五之夜，
　满月的银光
　　射在无边的海上。
琴弦徐徐的拨动了，
　生涩的不动人的调子，
天风里，
　居然引起了无限的凄哀？

记否十七之晨，
　浓雾塞窗，
　　冷寂无聊。
角儿里相挨的坐着——

不干己的悲剧之一幕，

　　曼声低诵的时候，

　　竟引起你清泪沾裳？

"你们真是小孩子，

　　已行至此，

　　何如作壮语？"

我的朋友！

前途只闪烁着不定的星光，

　　后顾却望见了飘扬的爱帜。

为着故乡，

　　我们原只是小孩子！

　　　不能作壮语，

　　不忍作壮语，

也不肯作壮语了！

倦旅

灯已灭了，
　　残花只管散着余香。
欹枕处——
　　只一两声飞雨
　　　　打着窗户。
听到此时，
　　一切的心都淡了！

新月未落，
　　朝霞已生，
濛濛里——
　　一颗曙星
　　躲避天光似的
　　　　穿着乱云飞走。
好辛苦的路途呵！
看到此时
　　一切的心都淡了！

我曾梦摘星辰，

醒来一颗颗从我指尖坠落；

觉悟后的虚空呵，

叫我如何不惆怅？

名 家 诗 歌 典 藏

银海般的雪地，

　　怒潮般的山风——
这样的别离！
山外隆隆的车声，

　　不知又送谁人远去。
听到此时，

　　一切的心都淡了！

鼓励的信，

　　寄与了倦慵的人！
事违初意皆如此！
一书在手，

　　湖光睡去，

　　星辰渐生——
看到此时

　　一切的心都淡了！

赴敌

I was ever a fighter, so-one fight more
The best and the last!

——R. Browning

晓角遥吹,
催动了我的桃花骑。
他奋鬣长鸣
　昔鞍振辔,
　要我先为备。
哪知道他的主人
　　这次心情异?

我扶着剑儿,
　倚着马儿,
不自主的流下几点英雄泪!

残月未坠,
晓山凝翠——

湖上的春风
　　吹得我心魂醉。
休想杀得个敌人，
我无有精神——
　　昨夜不曾睡！

我扶着剑儿，
　　倚着马儿，
不自主的流下几点英雄泪！

昨夜灯筵，
　　几个知人意？
朋友们握手拍肩，
　　　笑谈轻敌，
　　只长我骄奢气。
如今事到临头，
　　等闲相弃！

我扶着剑儿，
　　倚着马儿，
不自主的流下几点英雄泪！

朝阳在地，

鸟声相媚。
迷糊里捧起湖泉
　　　磨着剑儿试。
百战过来，
　　谁知此次非容易？

我扶着剑儿，
　　倚着马儿，
不自主的流下几点英雄泪！

晓角再吹，
余音在树，
远远地敌人来也！
　　匹马单刀，
　　　仓皇急遽，
他也无人相助！

　　向前去，
　　　生生死死无凭据！

家山何处？
一别便成落花飞絮！
等着些儿，

174

让我写几个字儿
　　托一托寄书使。
拜告慈亲，
　　暴虎冯河
　　只为着无双誉。

向前去，
　　生生死死无凭据！

晓光下定神静虑，
把往绩从头细数。
百万军中
　　也曾寻得突围路。
这番也只要雄心相助，
　　　　　勇力相赴！

向前去，
　　生生死死无凭据！

轩然一笑，
拔刀相顾，
已半世英名昭著，
此战归来，

便是安心处！

向前去，
　　生生死死无凭据！

相思

躲开相思，
披上裘儿
　　走出灯明人静的屋子。

小径里明月相窥，
枯枝——
　　在雪地上
　　　又纵横的写遍了相思。

我爱，归来罢，我爱！

这回我要你听母亲的声音，
我不用我自己的柔情——
看她颤巍巍的挣扎上泰山之巅！
一阵一阵的
　突起的浓烟，
　　遮蔽了她的无主苍白的脸！

她颤抖，
她涕泪涟涟。
她仓皇拄杖，哀唤着海外的儿女；
她只见那茫茫东海上
　无情的天压着水
　　　水卷着天！

"归来罢，儿啊！
看你家里火光冲天！
你看弟兄的血肉，染的遍地腥膻！
归来罢，儿啊！

你老弱的娘

　　哪敢惹下什么怨愆？

可奈那强邻暴客

　　到你家来，

　　东冲西突

　　随他的便，

他欺凌孤寡，不住的烹煎！

"归来罢，儿呵！

你娘还活得了几多年？

　　这古旧的房屋我有甚留连？

只为的是强邻欲壑难填，

只怕的是我海外的儿们

　　将来——

还不如那翩翩的归燕，

　　能投到你宗祖的堂前！

"归来罢，儿呵！

先把娘的千冤万屈，

　　仔细的告诉了你的友朋。

你再招聚你的弟兄们，

　　尖锐的箭，

　　　　安上了弦！

束上腰带，
　　跨上鞍鞯！
用着齐整激昂的飞步，
来奔向这高举的烽烟！

"归来罢，儿呵！
你娘横竖是活不了几多年。
拼死也要守住我儿女的园田！
儿呵，你到来时节，
　门墙之内：
　　血潮正涌，
　　血花正妍！
你先杀散了那叫嚣的暴客，
再收你娘的尸骨在堂楼边！
………………………
　　………………"

我爱，归来罢，我爱！
我不用我自己的柔情——
你听泰山的乱石惊鸣，
你听东海的狂涛怒生！

我爱，归来罢，我爱！

我不用我自己的柔情，
我爱，归来罢，我爱！
我要你听母亲的哀音！

我曾

我曾梦摘星辰，
　　醒来一颗颗从我指间坠落；
觉悟后的虚空呵，
　　叫我如何不惆怅？

我曾梦撷飞花，
　　醒来一瓣瓣从我指间飘散；
觉悟后的虚空呵，
　　叫我如何不凄怆？

我曾梦调琴弦，
　　醒来一丝丝从我指间折断；
觉悟后的虚空呵，
　　叫我如何不感伤？

我曾梦游天国，
　　醒来一片片河山破碎；
觉悟后的虚空呵，
　　叫我如何不怨望？

我再也不能承受这样的温存

我从浓眠中忽然醒起。

窗外已黄昏，

西山隐约地拖出烟痕！

朦胧里我伸出臂儿，

　要牵住梦中的爱抚，

猛然惊觉……

我已是没娘的孩子，

我再也不能承受这样的温存！

屋里已黑到没有一丝光亮，

我全身消失在无际的悲凉；

我的魂灵如同迷途的小鸟，

在昏夜里随着狂风飞飚。

我泪已枯，

我肠已断，

没有一点人声入耳，

眼前是一片惨默的海洋！

这海洋惨默到无穷时候：
波面上涌出银光！
菊花的影儿在地，
月儿正照着东墙。

我挣扎着披衣站起，
茫然地开起窗门，
满月正自田野边升起，
笼罩着一个圆满的乾坤！

这样圆满的乾坤。
母亲正在天阍，
有天母温存的爱抚，
　爱抚她病弱的灵魂！

只有我弃留在世上……
　我泪纵枯，
　我肠纵断，
在世上我已是没娘的孩子，
　我再也不能承受这样的温存！

惊爱如同一阵风

惊爱如同一阵风，
在车中，他指点我看
　　西边，雨后，深灰色的天空，
　　有一片晚霞金红！

睡了的是我的诗魂，
　　再也叫不觉这死寂的朦胧，
我的心好比这深灰色的天空，
　　这一片晚霞，是一声钟！

这一片晚霞是一声钟，
　　敲进我死寂的心宫，
千门万户回响，隆——隆，
　　隆隆的洪响惊醒了我的诗魂。

惊爱如同一阵风，
在车中，他指点我看
　　西边，雨后，深灰色的天空，
　　有一片晚霞金红。

一句话

那天湖上是漠漠的轻阴，
湿烟盖住了泼剌的游鳞。
东风沉静地抚着我的肩头，
"且慢，你先别说出那一句话！"

那夜天上是密密的乱星，
树头栖隐着双宿的娇禽。
南风戏弄地挨着我的腮旁，
"完了，你竟说出那一句话！"

那夜湖上是凄恻的月明，
水面横飞着闪烁的秋萤。
西风温存地按着我的嘴唇，
"何必，你还思索那一句话？"

今天天上是呼呼的风沙，
风里哀唤着失伴的惊鸦。
北风严肃地擦着我的眼睛，
"晚了，你要收回那一句话？"

鸽子

砰　砰　砰，
三声土炮；
今日阳光好，
这又是警报！
"我忙把怀里的小娃娃交给了他，
城头树下好藏遮，
两个孩子睡着了，
我还看守着家。"
驮着沉重的心上了小楼，
轻轻的倚在窗口；
群鹰在天上飞旋，
人们往山中奔走。
这声音
惊散了稳栖的禽鸟，
惊散了歌唱的秋收。

轰轰轰，
几声巨响，

纸窗在叫，

土墙在动，

屋顶在摇摇的晃。

一翻身我跑进屋里，

两个仓皇的小脸，

从枕上抬起：

"娘，你听什么响?"

"别嚷，莫惊慌，

你们耳朵病聋了，

这是猎枪。"

"娘，你头上怎有这些土？

你脸色比吃药还苦。"

我还来不及应声，

一阵沉重的机声，

又压进了我的耳鼓。

"娘，这又是什么?"

"你莫做声，

这是一阵带响的鸽子，

让我来听听。"

檐影下抬头，

整齐的一阵铁鸟，

正经过我的小楼。

傲慢的走，欢乐的追，

一霎时就消失在
天末银灰色的云堆。

咬紧了牙齿我回到屋中，
相迎的小脸笑得飞红，
"娘，你看见了那群鸽子？
有几个带着响弓？"
巨大的眼泪忽然滚到我的脸上，
乖乖，我的孩子，
我看见了五十四只鸽子，
可惜我没有枪！

生命

莫非你冷，
你怎秋叶似的颤抖；
这里风凉，
待我慢慢拉着你走。

你看天空多么清灵，
这滴滴皎洁的春星；
新月眉儿似的秀莹，
你头上有的是快乐，光明。

你看灯彩多么美妙，
纺窗内透出桔色的温柔；
这还不给你一些儿温暖？
纵然你有海样的深愁。

看温情到了你指尖，
看微笑到了你唇边——
你觉得生命投到你怀里不？
你寻找了这许多年。

别踩了这朵花

小朋友，你看，
你的脚边，
一朵小小的黄花。
我们大家
　绕着它走，
别踩了这朵花！

去年有一天：
秋空明朗，
秋风凉爽，
它妈妈给它披上
一件绒毛的大氅，
降落伞似的，
把它带到马路边上。

冬天的雪，给它
　盖上厚厚的棉衣，
它静静地躺卧着，
等待着春天的消息。

这一天，它觉得，
　身上润湿了，
它闻见泥土的芬芳；
它快乐地站起身来，
伸出它金黄的翅膀。

你看，它多勇敢，
就在马路边上安家；
它不怕行人的脚步，
也不怕来往的大车。

春游的小朋友们
　多么欢欣！
春风里飘扬着新衣
　——新裙，
你们头抬得高，
　脚下得重，
小心在你不知不觉中，
把小黄花的生机断送；
我的心思你们也懂，
在春天无边的快乐里，
这快乐也有它的一份！

雨后

嫩绿的树梢闪着金光，
广场上成了一片海洋！
水里一群赤脚的孩子，
快乐得好像神仙一样。

小哥哥使劲地踩着水，
　把水花儿溅起多高。
他喊："妹，小心，滑!"
说着自己就滑了一跤！

他拍拍水淋淋的泥裤子，
　嘴里说："糟糕——糟糕!"
而他通红欢喜的脸上，
却发射出兴奋和骄傲。

小妹妹撅着两条短粗的小辫，
紧紧地跟在这泥裤子后面，
她咬着唇儿，
提着裙儿，

轻轻地小心地跑，
心里却希望自己
也摔这么痛快的一跤！

小白鸽捎来的信

泰戈尔爸爸到过你们的首都北京，
他说：在那里他留下他的心。
这里也来过许多热情的中国朋友，
谈的也都是团结、友爱与和平。

我多么想去中国看望你啊，
我知道你也想来印度看我。
但妈妈说我们还都是小孩子，
小孩子不能自己远出、旅行。

现在我请小白鸽
　　　　给你送去一串红花环，
请你也让它
　　　　给我带来一条红领巾。
虽然我们现在还不能相见握手谈心，
但这两件火红的礼物
会替我们说出我们的意愿和深情

【 名 家 诗 歌 典 藏 】